EPITRE

A

M. DE VILLÈLE

SUR

LA LIBERTÉ DE LA PRESSE ;

Par Michel J.-L.

Le fanatisme aveugle et le chrétien sincère
Ont porté trop souvent le même caractère.
Henriade, CHANT V.

PARIS,

Chez { PONTHIEU, Libraire, Palais-Royal ;
TOUQUET, Libraire, Passage Vivienne ;
MONGIE, aîné, Libraire, Boulevard des Italiens, No. 10 ;
Et tous les Marchands de Nouveautés.

—

1826.

ÉPITRE

A

M. DE VILLÈLE

SUR

LA LIBERTÉ DE LA PRESSE.

IMPRIMERIE D'A. BERAUD,
RUE DU FOIN-SAINT JACQUES, N.º 9.

EPITRE

A

M. DE VILLÈLE

SUR

LA LIBERTÉ DE LA PRESSE ;

Par Michel J.-L.

> Le fanatisme aveugle et le chrétien sincère
> Ont porté trop souvent le même caractère,
> *Henriade*, CHANT V.

PARIS,

Chez
{
PONTHIEU, Libraire, Palais-Royal ;
TOUQUET, Libraire, Passage Vivienne ;
MONGIE, Aîné, Libraire, Boulevard des Italiens, N°. 10 ;
ET TOUS LES MARCHANDS DE NOUVEAUTÉS.

1826.

ÉPITRE

A

M. DE VILLÈLE

SUR

LA LIBERTÉ DE LA PRESSE.

Ah! Villèle, je te chagrine ;
Et tu veux te venger, dit-on :
En conspirant pour ma ruine,
Tu veux étouffer la raison.
Penses-tu que je puisse croire
Qu'il n'est d'autre liqueur à boire

Que dans la coupe du trépas ?
A tes vœux mon auteur (*) s'oppose,
La justice défend ma cause
Elle me couvre de son bras.

En quoi me suis-je donc, Villèle,
Attiré ton inimitié ?
Quoi! tu me traites de rebelle
Lorsque je dis la vérité ;
J'étais loin, oui, je le confesse
Et te le jure par la *presse*,
De penser que, sous mon *tympan*,
Je traçais en beau caractère,
Le seul objet de ta colère,
Et que je dérangeais ton plan.

(*) Louis XVIII, en rentrant dans son royaume, a octroyé à son peuple une constitution, dans laquelle il a consacré la liberté de la presse.

Mais dis-moi, que devais-je-faire ?
De toutes parts j'entends bravo :
Pour toi seul il faudrait me taire,
Autrement tu cries haro.
Juge-le donc en conscience,
N'est-ce pas le vœu de la France ?
Pouvais-je encor m'y refuser ?
Non, non, j'y trouve trop de charmes
Et ne dois pas craindre tes armes,
Quand un roi sait se faire aimer.

Mais si le siècle ne t'éclaire,
Quand tout marque ici ses progrès,
Du moins, sans être téméraire,
Écoute la voix des Français.
Que tes oreilles attentives
Ne soient pas toujours fugitives
Aux discours de mes défenseurs ;
Par là, cette France chérie

Reprend une nouvelle vie,
Préférable aux jours de clameurs.

⸱⸱⸱⸱⸱⸱⸱⸱⸱

Hélas ! si tu pouvais te rendre
Aux désirs de la nation ;
Tu saurais d'une mère tendre
Apprécier l'ambition.
Qui te retient dans l'esclavage,
Et qui te ferme le passage,
Le passage du vrai bonheur ?
Tu te diras : vertu suprême !
Indigne que j'étais moi-même
D'avoir méconnu ta grandeur !

⸱⸱⸱⸱⸱⸱⸱⸱⸱

Oui, sans détour je le confesse,
Je voudrais te voir aujourd'hui
L'ami du peuple et de la *presse*,
Et l'émule du bon Sully !
C'est alors que la France entière,
De son ministre serait fière ;

Elle te porterait aux cieux !
Et moi, je serais plus tranquille ;
Je ne craindrais plus de zoïle ;
Et ma *frisquette* en irait mieux .

Ainsi, d'une force nouvelle,
Plus sûre que les trois pour cent,
Ferais, d'un tour de *manivelle*,
Pâlir le fourbe ou l'intrigant,
Qui traite un frère de parjure,
Sous le manteau de l'imposture,
Lui, l'ennemi de son pays !...
Je déchirerais le nuage
Qui cache son hideux visage,
En le couvrant de ton mépris.

Alors tu verrais la Sagesse
T'offrir l'encens de sa faveur :
Mille cris bruyans d'allégresse,
Retentiront jusqu'à ton cœur.

Et le caractère *italique*,

Te peindrait mieux en jésuitique,

Qui nous domine de nouveau ;

Loin de me faire la menace,

Romps, tu dirais, romps son audace,

Je n'enchaîne pas ton *barreau*.

Partout une voix générale

Me dit, *Presse*, prens garde à toi !

Les Ignacéens de ta *balle*

Vont, contre la charte et le roi,

Tenter pour trop de complaisance

Qu'elle eut d'avoir à l'ignorance

Divulgué leurs faits odieux,

De lui faire roguer son *manche* ;

Et, pour mieux prendre leur revanche,

Tu ne frapperas que pour eux.

Croire à ce frivole langage,

Non, non !... loin de moi ce vain bruit !

Jamais ne brise une main sage
L'arbre pour en cueillir le fruit.
Ainsi, censure trop infâme,
De cet arbre connais donc l'âme
Qu'un roi le plus juste a planté,
Cultivé par la France entière;
Ses branches portent la lumière,
Son nom.... l'arbre de vérité!

Vous qui, de ce nom, l'un et l'autre,
Tremblez, hommes insidieux,
C'est bien le sien.... quel est le vôtre?
Parlez, est-il mystérieux?
Non, non, *Saint-Augustin* docile
Le trace à l'œil le moins habile :
C'est ce qui fait votre courroux.
Le manteau de l'hypocrisie,
Où se cache la perfidie,
Sans peine vous désigne à tous.

Alors tant de menaces vaines,

Comme vous, auteurs de leurs jours;

Ne sont que des voix souterraines

Qu'on saura repousser toujours.

Traîtres au roi !... traîtres au monde,

Indignes, qu'on vous réponde,

Rentrez dans vos antres secrets!

Tâchez que votre haleine impure,

Respectant la magistrature,

Ne souffle plus sur ses arrêts.

Mais c'est à toi que je m'adresse,

Villéle, je parle du cœur!

Repousse cette fausse ivresse

Que ne connut jamais l'honneur :

Pense que tu n'es sur la terre

Que comme la feuille légère,

Qui, du haut de ce peuplier,

Insulte, en regardant les nues,

Aux herbes sur terre étendues,

Qui vont bientôt la putréfier.

Fuis surtout l'erreur dangereuse,
Vil instrument des passions
Qui rend l'âme vraiment hideuse,
En corrompant ses actions.
Et fais que le cours de ta vie,
S'il se peut, de la calomnie
Évite le fatal burin,
Qui reproduirait, dans l'histoire,
Des traits fâcheux pour ta mémoire;
Villèle, détourne sa main.

Si dans mes leçons tu ne goûtes
La saveur de la vérité,
Au moins, quand ton roi parle, écoute:
« Je veux, dit-il, la liberté!
» Je veux le bonheur de la France!
» Je veux arracher la puissance,
» Aux fourbes, aux déprédateurs,
» Qui voudraient voir de la justice
» S'écrouler le grand édifice,
» Afin de s'abreuver de pleurs! »

Ainsi cette parole auguste,

Seule, pourra me rassurer :

Sois sage, et même sois injuste,

Jamais je ne saurais ramper.

Sur sa justice je me fonde,

Fruit d'une sagesse profonde,

Qui fait l'espoir de ton pays :

Oserais-tu la méconnaître,

En voulant faire disparaître

Les vœux de ses sujets chéris !!

FIN.

www.ingramcontent.com/pod-product-compliance
Lightning Source LLC
Chambersburg PA
CBHW061420170626
46811CB00005B/2050